MUSÉE RÉTROSPECTIF

DE LA CLASSE 67

VITRAUX

A L'EXPOSITION UNIVERSELLE INTERNATIONALE
DE 1900, A PARIS

RAPPORT

PAR

M. Lucien ***MAGNE***

MUSÉE RÉTROSPECTIF

DE LA CLASSE 67

VITRAUX

MUSÉE RÉTROSPECTIF

DE LA CLASSE 67

VITRAUX

A L'EXPOSITION UNIVERSELLE INTERNATIONALE
DE 1900, A PARIS

RAPPORT

PAR

M. Lucien MAGNE

Exposition universelle internationale de 1900

SECTION FRANÇAISE

Commissaire général de l'Exposition :

M. Alfred PICARD

Directeur général adjoint de l'Exploitation, chargé de la Section française :

M. Stéphane DERVILLÉ

Délégué au service général de la Section française :

M. Albert BLONDEL

Délégué au service spécial des Musées centennaux :

M. François CARNOT

Architecte des Musées centennaux :

M. Jacques HERMANT

COMITÉ D'INSTALLATION DE LA CLASSE 67

Bureau.

Président : Magne (Lucien), ✻, architecte du Gouvernement, professeur à l'Ecole des beaux-arts.
Vice-Président : Daumont-Tournel (Léon), peintre verrier.
Rapporteur : Geffroy (Gustave), ✻, homme de lettres.
Secrétaire : Denis (Henri), peintre verrier, secrétaire de la Chambre syndicale des peintres verriers.
Trésorier : Bruin (Auguste), peintre verrier.

Membres.

MM. Ader (Emile), peintre verrier.
Babonneau (Henri), peintre verrier.
Boutet de Monvel (Charles), peintre verrier.
Delalande (Emile), artiste peintre.
Delon (Marcel), peintre verrier.
Gaudin (Félix), peintre verrier.
Grasset (Eugène), ✻, artiste peintre.
Hirsch (Emile), peintre verrier.
Leprévost (Charles), peintre verrier.
Lisch (Just), O. ✻, architecte du Gouvernement, inspecteur général des monuments historiques.
Merson (Luc-Olivier), ✻, membre de l'Institut, artiste peintre.

Architecte.

M. Benouville (Léon), ingénieur des arts et manufactures, architecte du Gouvernement.

Commission du Musée centennal.

MM. Magne (Lucien), président.
Babonneau (Henri).
Boutet de Monvel (Charles).
Grasset (Eugène).

CATHÉDRALE DE POITIERS

Fig. 1. — La Passion. Vitrail de l'abside (fin du XIIe siècle).

Exposition rétrospective

CLASSE 67

VITRAUX

UN VITRIER
Gravure extraite de l'*Assemblage nouveau des manouvriés habillés*, par Martin Engelbrecht.
(*Collection François Carnot.*)

Une exposition de vitraux anciens, limitée aux ouvrages du dix-neuvième siècle, n'aurait donné qu'une idée médiocre des ressources d'un art dont notre pays a le droit de s'enorgueillir, et qui, né avec notre architecture, a grandi avec elle, distribuant dans toutes nos églises, à toutes les époques, ces mosaïques translucides aux éclatantes couleurs qui ont formé et peuvent former encore la plus magnifique décoration des monuments civils ou religieux.

Il était donc indispensable de remonter jusqu'aux origines du vitrail pour en suivre à travers les âges la captivante évolution, pour distinguer l'art expressif auquel nous devons les grandes scènes tirées de l'Ancien et du Nouveau Testament, ou les compositions légendaires inspirées par la vie des Saints, de l'art réaliste qui, dès le milieu du quinzième siècle, semble avoir pour fin la beauté humaine, et qui fait fléchir pour cette fin les principes et les traditions du décor des surfaces.

La tâche était singulièrement difficile : on ne pouvait songer à déplacer, fût-ce

2

pour la durée d'une Exposition, les verrières de nos églises; mais réduire les vitraux anciens à quelques médaillons traités en grisaille et jaune sur verre incolore, ou à quelques panneaux disséminés dans des collections privées, c'eût été vraiment manquer le but que se proposait le Comité d'installation, désireux de faciliter les comparaisons entre les méthodes de composition, les procédés d'exécution, les harmonies colorées des vitraux et les qualités mêmes des verres teintés en masse ou plaqués.

Heureusement, depuis 1884, une collection de vitraux anciens appartenant à l'Etat était formée; j'avais été chargé par les Administrations des Beaux-Arts et des Cultes de recueillir les fragments non replacés provenant de verrières détruites, et ce premier fonds d'un musée du Vitrail s'était accru rapidement par l'acquisition de vitraux menacés de disparaître, panneaux du treizième siècle provenant de l'ancienne abbaye de Gercy et acquis de la commune de Varennes (Seine-et-Oise), panneaux de la même époque provenant d'une ancienne église de Châteauroux et acquis de M. Clément, vitraux du seizième siècle de l'école de Beauvais et acquis de M. Petit, débris provenant sans doute d'une ancienne église de Château-Thierry et acquis de la fabrique d'Essômes, etc.

J'ai à remercier ici les deux Administrations des Beaux-Arts et des Cultes, qui ont rendu possible notre Exposition rétrospective en nous autorisant libéralement à y faire figurer les panneaux appartenant à l'Etat. M. le Ministre des Cultes nous donnait la faculté de compléter cette collection par des vitraux du quatorzième siècle provenant de la cathédrale de Saint-Dié. Sur ma demande, la ville d'Angers mettait à notre disposition quelques-unes des belles verrières du quinzième siècle de l'église Saint-Serge, en cours de restauration.

Les collections particulières étaient mises aussi largement à contribution, et nos remerciements s'adressent particulièrement aux collectionneurs, MM. Babonneau, Bruin, Delalande, Denis, Delon, Fouques-Duparc, Tournel, Haussaire (de Reims), Hucher, Leprévost, Otto Vegener, Töpffer, à la Société artistique de peinture sur verre, à la fabrique de l'église d'Essômes, à M. Lucien Roy. C'est grâce à leur généreux concours qu'il nous a été donné de pouvoir présenter un ensemble de vitraux français qui, malgré quelques lacunes, offrait pour chaque époque des types caractéristiques.

Pour compléter les indications fournies par les panneaux exposés, de grandes aquarelles, d'après les verrières de Châlons-sur-Marne, de Poitiers (*fig.* 1 et 2), de Gercy, de Notre-Dame de Mantes, des photogravures d'après les vitraux de Montmorency, des calques au trait d'après les plus beaux vitraux de Chartres et de Bourges, facilitaient l'étude de la composition des verrières aux différentes époques. Des échantillons de plombs anciens, bien présentés par M. Leprévost, fournissaient sur le montage des verres des indications précieuses.

Enfin, pour relier le passé au présent, des types de la fabrication de Sèvres et

Fig. 2. — Partie supérieure du vitrail de la Passion (fin du XIIe siècle).

de Choisy-le-Roi avaient été exposés avec une verrière en imitation de style ancien, œuvre de Coffetier, et le peintre verrier lyonnais, M. Bégule, avait prêté deux remarquables études du regretté Lebayle, comparables aux meilleurs morceaux des maîtres du seizième siècle. Dans cette série moderne, le peintre éminent auquel le Jury a décerné sa plus haute récompense, M. Luc Olivier Merson, était représenté par les cartons de ses Pèlerins d'Emmaüs, par une maquette de ses vitraux de sainte Cécile, et par un dessin du vitrail « *Ego sum vita* ».

La présentation des verrières dans l'ordre chronologique a mis en pleine lumière les différences d'harmonies qui caractérisent, plus encore que le style, le vitrail à chaque époque. Il semble qu'au douzième siècle les artistes affectionnent les colorations lumineuses, que les tons rompus, vert, jaune, violet alternant avec le blanc, et appliqués aux draperies, silhouettent les figures en clair sur des fonds bleu ou rouge d'intensité différente, tandis qu'au siècle suivant, l'égalité de valeurs entre les bleus et les rouges, et l'augmentation d'intensité du jaune, du vert et du violet produisent des harmonies plus puissantes, mais aussi plus crues.

Ces variétés de colorations s'accusent inégalement de province à province durant toute la période du Moyen Age; tandis que dans nos provinces du Centre et de l'Ouest, ainsi qu'on le constate à Poitiers et à Chartres, l'harmonie des tons rompus se maintient du douzième au quatorzième siècle, dans nos provinces de l'Est, à Saint-Dié par exemple, où se fait sentir l'influence de l'Ecole rhénane, les tons crus, principalement le rouge et le vert, dominent au quatorzième siècle, et le rouge plaqué est loin d'avoir les chatoiements des rouges plus anciens, où la couleur donnée par le cuivre à l'état naissant est répartie en lamelles ou en stries dans la masse vitreuse.

Avec le quinzième siècle le décor change complètement d'aspect. Il semble qu'un besoin de lumière blanche limite dans le vitrail l'emploi de la couleur à quelques figures isolées, et, pour garnir le vide du fenestrage, on peint en grisaille des motifs d'architecture qui simulent des niches très ornées encadrant les figures. Ce sont les premiers essais de l'école réaliste, qui abandonne pour le portrait les compositions très larges et très simples des siècles précédents. La couleur, au lieu d'être harmonieusement répartie sur toute la surface, avec une richesse qui éveille le souvenir des plus magnifiques tapis persans, ne forme plus que de larges taches sur un fond incolore, et on en vient, par crainte de la couleur, à exécuter de grandes verrières entièrement en grisaille rehaussée de jaune.

Mais, sous l'influence des peintres franco-flamands et italiens, l'art réaliste a bientôt de plus hautes visées; le dessin, qui a désormais le rôle principal dans la composition, exige des nuances de verre dont les peintres verriers du douzième et du treizième siècle n'avaient pas senti le besoin, et les verres nuancés à plusieurs couches inaugurent, avec un nouveau mode de fabrication, des harmonies très douces où les tons dégradés se substituent aux tons francs.

Dès la fin du quinzième siècle on est revenu à la distribution des verres colorés sur toute la surface du vitrail, et, si l'art tend plutôt à créer de belles formes qu'à éveiller des idées, l'œuvre, riche par le dessin et la couleur, caractérise le faste de la société française aux temps de François Ier et de Henri II. Si l'on conserve pour les vitraux civils l'usage du décor en grisaille rehaussée de jaune qui laisse passer la lumière blanche, sans risquer de fausser les colorations des tentures, on revient pour la décoration des grandes baies d'église, aux scènes religieuses développées avec toute la magnificence des somptueuses étoffes tissées de soie et d'or dans un cadre architectural enrichi de figures allégoriques et d'arabesques.

Bientôt l'artiste, entraîné par les délicatesses du dessin d'imitation, multiplie les nuances du verre, tendant par transitions insensibles à rapprocher le vitrail du tableau, et y introduisant la perspective. Gêné par les divisions régulières des meneaux, il trace sa composition sans tenir compte de ce cadre architectural, au risque de couper les figures. Les nuances des verres plaqués ne lui suffisent plus : il semble que les émaux fusibles et translucides puissent faciliter la traduction sur verre de nuances délicates comparables à celles que le peintre réalise par l'emploi des couleurs délayées à l'huile et appliquées au pinceau.

Ainsi, dans un espace d'un demi-siècle, sous prétexte de progrès, on avait abandonné les traditions du décor translucide aussi bien pour la composition que pour l'exécution des verrières. Plus de compositions originales faites pour un emplacement déterminé s'harmonisant, aussi bien pour les dimensions que pour la couleur, avec l'édifice dont elles faisaient partie. A quoi bon soutenir le dessin par les contours de plomb, quand l'émail permettait la juxtaposition de plusieurs tons sur une plaque de verre blanc? On ne comprenait pas qu'imiter une peinture sur le verre, c'était appliquer à un art les procédés techniques d'un autre art. Aussi le prétendu progrès devait-il aboutir à une décadence si rapide, que dès le milieu du dix-septième siècle le vitrail a cessé d'exister comme art. Depuis cette époque jusqu'au milieu du dix-neuvième siècle, la décoration des fenestrages est limitée à des combinaisons de vitrerie blanche dans des bordures émaillées. On en vint à oublier jusqu'aux procédés de fabrication des verres colorés, et, lorsqu'on tenta à la manufacture de Sèvres de ressusciter l'art du vitrail, on essaya encore la peinture sur glace, variante de l'emploi des émaux.

Ce fut seulement à l'époque où furent entreprises des restaurations d'anciens vitraux dans les monuments historiques, que des artistes, épris des œuvres de notre art au Moyen Age, commencèrent à étudier les vitraux anciens : de ces études date la reconstitution des fabriques de verres colorés et des ateliers de vitraux.

CATHÉDRALE DE BOURGES

Fig. 3. — La Vierge.

Fig. 4. — Isaïe.

Vitraux des fenêtres hautes (XIIIe siècle).

Les essais de restitution archéologique que nous critiquons aujourd'hui étaient indispensables à une époque d'ignorance absolue : on leur doit la connaissance des principes de composition applicables aux verrières, et des techniques variées s'accordant avec les ressources de verres de fabrication différente aux différentes époques.

Depuis une vingtaine d'années, l'art commence à se dégager de l'archéologie. La fabrication des verres a fait de tels progrès, qu'elle a suggéré l'idée d'harmonies nouvelles dans lesquelles le verre, tantôt opalisé, tantôt nuancé dans la masse, tantôt martelé ou plissé, a par lui-même de tels effets qu'on a réduit à rien ou presque rien le dessin en grisaille, au risque de perdre un des éléments principaux du décor.

Les tentatives sont trop récentes pour qu'on puisse porter sur elles un jugement définitif; mais les efforts faits dans les dix dernières années ont été tels, qu'on peut dès à présent entrevoir une renaissance du vitrail, plutôt par la rénovation des formes que par le changement de la technique.

Jeton de la corporation des vitriers
et peintres sur verre de Paris (XVIIIe siècle).

Description sommaire des vitraux exposés.

Le classement chronologique est celui qui se prête le mieux à l'étude comparative des œuvres anciennes, et, dès l'entrée dans l'Exposition rétrospective des vitraux, les visiteurs pouvaient apprécier les intéressantes variations des harmonies colorées d'un siècle à un autre.

Parmi les plus précieux fragments du douzième siècle étaient le David, le Samson, le Serpent d'airain et les bordures en rinceaux de feuillage aux puissantes couleurs, provenant de l'ancienne cathédrale de Châlons-sur-Marne. L'exécution du trait de grisaille est d'une habileté surprenante et les verres colorés en masse d'une harmonie très douce. On pouvait les comparer à certains panneaux de la légende de saint Paul, provenant de l'ancienne cathédrale du Mans : les panneaux de Châlons étaient présentés dans leurs plombs anciens, plombs coulés aux ailes étroites, assez flexibles pour suivre les contours très compliqués des coupes. Une des plus curieuses pièces de la série du douzième siècle était un panneau provenant de la cathédrale du Mans et représentant, avec les costumes contemporains, Samson renversant les colonnes du Temple.

Une délicate bordure, assimilable aux encadrements des verrières absidales de l'église abbatiale de Saint-Denis, avait été prêtée par M. Babonneau : elle complétait, avec des mosaïques colorées, comparables à celles de l'église Saint-Remi de Reims, et avec quelques fragments provenant de la cathédrale de Bourges, l'exposition des verrières du douzième siècle.

Tous les artistes ont regretté que d'admirables verrières provenant de Châlons-sur-Marne, « la Crucifixion », la légende de saint Gamaliel : « les deux Lois », aient été distraites de la collection des vitraux de l'Etat pour être exposées au Petit-Palais, dans un emplacement situé à contre-jour, de telle sorte qu'elles étaient à peu près invisibles.

Pour le treizième siècle, l'Exposition rétrospective était fort riche (*fig.* 3 et 4) (1). Elle comprenait la majeure partie des vitraux provenant de la cathédrale de Bourges et non replacés encore ; vitraux consacrés à la légende de saint Valérien, de sainte Cécile et de saint Urbain, une magnifique tête de Vierge, débris d'une verrière de l'église de la Trinité de Vendôme, les verrières recueillies dans l'église de Varennes (Seine-et-Oise), et qui ornaient jadis l'ancienne abbaye de Gercy, la légende de saint Martin et deux panneaux d'un arbre de Jessé.

Les vitraux acquis par l'Etat et qui étaient placés dans une ancienne église, aujourd'hui détruite, de Châteauroux, offraient des types caractéristiques des

(1) Les gravures 3, 4, 7, et 13 à 21 sont extraites de l'*Œuvre des peintres verriers français*, par M. L. Magne. — Firmin-Didot, 1885.

Partie supérieure d'un arbre de Jessé. Ancienne abbaye de Gercy (XIIIe siècle).

(Collection des vitraux appartenant à l'État.)

verrières du treizième siècle, inférieures sans doute pour la qualité des harmonies colorées et la perfection du dessin aux vitraux du douzième siècle, mais bien

Fig. 5. — Grisaille à filets coloriés. Ancienne abbaye de Gercy (XIIIe siècle). *Collection de vitraux appartenant à l'État.*)

étudiées cependant pour produire à distance l'effet décoratif que nos artistes tiraient de la translucidité des verres colorés : c'était une grande rose, sur laquelle le Christ préside au jugement dernier, c'était encore une verrière presque complète ayant pour sujet la vie de la Vierge.

Nous aurions souhaité pouvoir exposer quelques-uns de ces vitraux cisterciens dont l'effet est entièrement dû au dessin des plombs sertissant des verres

Fig. 6. — Légende de saint Dié. Panneau d'un vitrail de la cathédrale de Saint-Dié (XIV° siècle).

incolores ; ils témoignent de l'ingéniosité des artistes français, capables de plier leur génie aux règles étroites d'un ordre religieux, en imaginant un décor entièrement dû au mode de montage des verres, décor charmant malgré sa simplicité.

Au treizième siècle, on avait eu, comme au douzième, soit pour des besoins d'éclairage, soit pour des raisons d'économie, l'idée de combiner dans des réseaux de lignes droites ou courbes des verres incolores, en marquant par des points de couleur les divisions du dessin. Mais, pour limiter l'introduction de la lumière et pour enrichir la surface vitrée, on garnissait de feuillages ou d'animaux peints en grisaille les morceaux de verre incolores montés en plombs, et on utilisait les filets de grisaille pour aider au passage des lignes qui accusaient le dessin.

Fig. 7. — Grisaille à bordure et points de couleur. Eglise Saint-Gengoult de Toul (XIVe siècle).

Notre Exposition était très riche en spécimens de grisaille du treizième siècle. Je citerai parmi les plus remarquables celles de la cathédrale du Mans, de l'abbaye de Gercy (*fig.* 5), de l'église détruite de Châteauroux, de l'église d'Essômes, de l'église Saint-Gengoult de Toul (*fig.* 7), enfin un panneau, prêté par M. Denis, et provenant peut-être de l'église de Saint-Jean-aux-Bois.

Les collections particulières avaient enrichi notre exposition de quelques pièces remarquables, caractérisant l'art du treizième siècle. C'étaient une Cène, de l'école de Champagne, prêtée par M. Haussaire, de Reims; une Assomption de la Vierge, de l'école de Bourgogne, prêtée par M. Töppfer; un Christ en gloire et une Crucifixion, de l'école de l'Ile-de-France, prêtés par la Société artistique de peinture sur verre; deux charmantes têtes de l'école rhénane, conservées dans leurs plombs anciens, et appartenant à M. Leprévost.

Ainsi, grâce aux œuvres tirées des collections particulières, il était possible d'étudier les différentes écoles de peinture sur verre réparties au treizième siècle sur le territoire français.

On sait que l'art du quatorzième siècle continua, en les exagérant, les défauts qui s'accusaient déjà dans les vitraux de la seconde moitié du treizième siècle et même

Fig. 8. — Vitrail de l'École de l'Ile-de-France (XVe siècle).

Fig. 9. — Donateurs. Vitrail de l'École de l'Ile-de-France (XVe siècle).

(*Collection Babonneau.*)

dans les vitraux de la Sainte-Chapelle. Aussi bien dans la composition du sujet que dans le geste et l'expression des figures, on tendait à l'effet dramatique, au détriment de la simplicité et de la grandeur de la décoration. Le défaut d'une fabrication trop rapide était aussi sensible dans la qualité des verres colorés que dans le dessin.

La Vierge et l'Enfant Jésus, Cathédrale de Châlons (xve siècle).

L'Exposition rétrospective de la Classe 67 rendait bien compte de cette évolution de l'art. Parmi les morceaux les plus caractéristiques étaient une Vierge de la cathédrale de Toul, la légende d'une Sainte, tirée d'un vitrail en débris de la cathédrale de Séez. Je citerai encore les curieux panneaux de la légende de saint Dié (*fig.* 6), obligeamment prêtés par l'administration des Cultes ; un Christ assis sous un dais, provenant de l'église d'Essômes, et un moine agenouillé sous un édicule, panneau prêté par la Société artistique de peinture sur verre.

C'est peut-être l'art du quinzième siècle qui était le mieux représenté à l'Exposition rétrospective. J'y avais apporté tous mes soins, connaissant l'importance de cette époque de transition et l'insuffisance des études auxquelles elle a donné lieu jusqu'à ce jour. C'est l'époque où le dessin d'imitation fait tort à la décoration translucide, où les compositions d'ensemble font place à des figures isolées, à des portraits que l'artiste trace sur un fond de tapisserie, bleu, rouge ou vert, dans un cadre architectonique de grisaille qu'enrichit par places une couleur d'application ou de cémentation, le jaune d'argent.

A cette époque les nuances d'écoles sont très accentuées, et, suivant que telle ou telle province est plus ou moins en contact avec la Flandre ou avec l'Italie, l'évolution du vitrail se ressent de ce contact. Tandis que dans l'Ile-de-France les traditions décoratives du moyen âge persistent, ainsi qu'on peut le constater sur deux délicieuses verrières prêtées par M. Babonneau et qui représentent, l'une un personnage tenant une épée, l'autre un donateur agenouillé (*fig.* 8 et 9), un panneau de Saints et de Saintes, prêté par M. Töpffer, caractérise l'exécution précieuse de l'école flamande au quinzième siècle, au temps où les Flandres faisaient partie du duché de Bourgogne, sous les ducs issus de la maison de Valois (*fig.* 10.)

Fig. 10. — Vitrail de l'École flamande (fin du XVe siècle).
(*Collection Töpffer.*)

Un ange en grisaille et jaune d'argent, provenant sûrement de l'école normande (*fig.* 11), caractérise, comme les vitraux de l'Ile-de-France, une tendance tout autre vers une exécution large et simple qui semble s'accorder avec celle des miniatures françaises contemporaines.

L'exécution atteint dès lors à une prodigieuse habileté (*fig.* 12). Il suffisait, pour s'en convaincre, dans notre Exposition, de considérer les débris de décorations architecturales provenant d'une verrière détruite de la cathédrale d'Autun.

Tandis que quelques panneaux appartenant à l'État et empruntés à la cathédrale du Mans, représentant l'un un donateur agenouillé, l'autre une Crucifixion, nous révélaient l'art un peu brutal qui se développait à cette époque dans nos provinces du Centre et de l'Ouest, les verrières de l'église Saint-Serge d'Angers, quoique exécutées au milieu du quinzième siècle, nous initiaient à un art beaucoup plus raffiné. Quelques figures de Prophètes ont la belle allure des œuvres de la fin du quinzième siècle et semblent faites sous l'inspiration des maîtres italiens.

Fig. 11. — Ecole de Normandie (xvᵉ siècle).
(*Collection Magne.*)

Fig. 12. — Ecole de Bourgogne (xvᵉ siècle).
(*Collect. Magne.*)

Peut-être les relations de l'Anjou avec l'Italie pourraient-elles expliquer cette particularité.

Dans la seconde moitié du quatorzième siècle, les vitraux civils consistaient en médaillons délicatement dessinés à l'aide de la grisaille et du jaune d'argent et distribués sur une vitrerie incolore, ainsi qu'on le voit sur une fenêtre figurée dans une Annonciation à l'église d'Ecouen. Quelques-uns des médaillons provenant des collections Otto Wegener, Leprévost, Töpffer, sont les types variés de ces décorations très délicates qui laissaient passer la lumière blanche à l'intérieur des habitations.

Dès la fin du quinzième siècle, nos peintres verriers ont compris que l'harmonie obtenue par la décoloration des surfaces est, au moins pour les édifices publics, un obstacle à l'effet décoratif, et si les progrès du dessin assouplissent les formes, si l'artiste étudie de plus près la nature et s'efforce d'en rendre toutes les finesses, ce n'est plus aux dépens de la couleur. La fabrication des verres plaqués lui fournit les nuances qu'exige la nouvelle conception de l'art, et, si l'effet est moins simple, on ne peut nier que la seconde floraison du vitrail n'ait produit des œuvres égales à celles de la première.

Nous eussions voulu pouvoir exposer quelques œuvres de premier ordre caractérisant l'art du seizième siècle, telles que les verrières du chœur de l'église de Montmorency (*fig.* 13 et 15), ou les verrières absidales de l'église Saint-Godard, à Rouen, et de l'église Saint-Etienne, à Beauvais, mais aucune de ces verrières ne pouvait être déplacée et nous avons été très heureux d'accueillir d'importants panneaux, tels que la Résurrection et la Descente aux Limbes, offerts par M. Otto Wegener, une Naissance de la Vierge et une Hérodiade, appartenant à M. Babonneau, des scènes de la vie du Christ, prêtées par la fabrique d'Essômes, et surtout la collection des vitraux de l'école de Beauvais, acquise de M. Petit par le Ministère des Beaux-Arts. Parmi ces derniers vitraux, nous citerons notamment deux anges tenant une Monstrance, une Annonciation et d'intéressantes figures de donateurs.

D'autres panneaux acquis par l'Etat de la fabrique d'Essômes, et provenant d'un édifice détruit, ont charmé les visiteurs par la liberté de leur exécution et par leurs délicates tonalités. Ils appartiennent tous à la légende de saint Augustin et

Fig. 13. — Saint Martin et saint Félix. Vitrail de l'abside (commencement du XVIe siècle).

faisaient partie du tympan d'une fenêtre. Pour faciliter l'étude des vitraux du seizième siècle, nous n'avions pas hésité à présenter en nombre des fragments per-

Fig. 14. — La Charité. Panneau provenant de l'église Saint-Gervais (xvie siècle).

(*Collections de la Ville de Paris.*)

mettant d'apprécier l'exécution sur verres colorés des figures, des étoffes et des verdures.

Les églises de Paris, Saint-Gervais et Saint-Protais, Saint-Germain l'Auxerrois, Saint-Merry, étaient jadis fort riches en verrières du seizième siècle. Quelques-unes sont encore en place, notamment, à Saint-Gervais, la verrière du

Jugement de Salomon, dont une figure a été faite d'après le même carton que la figure de sainte Marie Cléophas, du vitrail de l'église de Montmorency (*fig.* 16).

Fig. 15. — La Madeleine du vitrail de Guy de Laval (XVIe siècle).
(*Église de Montmorency.*)

Des verrières, déposées lors de réparations anciennes, sont conservées dans les collections de la Ville de Paris. Nous aurions souhaité qu'elles pussent figurer à l'Exposition rétrospective. L'une d'elles, reproduite ici et provenant de l'église Saint-Gervais (*fig.* 13), représente « la Charité » ou « les Œuvres de miséricorde ».

ÉGLISE DE MONTMORENCY

Fig. 16. — Les saintes Femmes du vitrail dit des « alérions » (XVIe siècle) attribué à Robert Pinaigrier.

Si pauvre qu'ait été la peinture sur verre du dix-septième au dix-neuvième siècle, il eût été regrettable de ne point présenter quelques spécimens de la fabrication des vitraux à cette époque, où des causes nombreuses, et parmi elles l'introduction d'une architecture étrangère en France, eurent pour conséquence la décadence très rapide de l'art du vitrail.

Ainsi qu'on le voit à Versailles et dans les édifices du dix-septième siècle, le

Fig. 17. — Saint Louis. Vitrail de Gaspard de Coligny.
Église de Montmorency.

vitrail est réduit le plus souvent à une vitrerie blanche qu'encadre une bordure de fleurs émaillées. Des débris provenant de la cathédrale de Châlons font assez connaître ce mode de décoration, et les têtes monstrueuses provenant de l'église Saint-Sulpice de Paris témoignent assez de l'abandon où était laissé le vitrail au dix-huitième siècle. Parmi les meilleurs morceaux, nous citerons un vitrail à bordures et écussons aux armes de Lamoignon portant la date de 1736, qui nous avait été prêté par M. Babonneau.

Bien que la renaissance du vitrail en France date à peine d'un demi-siècle, nous avons cherché à présenter quelques spécimens de l'art tel qu'on le comprit à Sèvres au temps de Brongniart, ou plus tard à la manufacture de Choisy-le-Roi. La pièce la plus intéressante nous a été prêtée par M. Babonneau : c'est un Christ, aux couleurs criardes, exécuté en 1845. Comme spécimen des pastiches auxquels donna lieu l'étude des verrières du douzième et du treizième siècle, nous avons choisi une Vierge exécutée par Coffetier à l'imitation de la Vierge de Chartres.

Parmi les verrières récentes, nous avions réuni quelques œuvres du peintre

Fig. 18. — Françoise d'Amboise. Vitrail de François de Montmorency.
(*Eglise de Montmorency*.)

verrier Lebayle, ancien pensionnaire de l'Académie de France à Rome, mort avant l'ouverture de l'Exposition. Si courte qu'ait été sa carrière artistique, on peut dire que ses œuvres sont parmi les plus remarquables qu'ait produites le dix-neuvième siècle. M. Bégule avait prêté deux verrières charmantes de cet artiste, une tête d'étude et une scène de genre où, l'un des premiers, Lebayle avait tiré parti des nuances et des irrégularités d'une feuille de verre violet pour l'exécution d'une draperie, à peine indiquée par un trait de grisaille. J'avais joint à ces deux œuvres une figure exquise de l'artiste, la *Rosa bellissima*, et deux anges musiciens exécutés par lui pour un vitrail de la cathédrale d'Autun sur un carton de M. F. Ehrmann.

Pour compléter cette Exposition, nous avions exposé des aquarelles et des dessins, afin de montrer des compositions d'ensemble. Ainsi, l'art du douzième siècle était représenté par une grande aquarelle du vitrail de la Passion de Poitiers (*fig.* 1 et 2), et par quatre aquarelles représentant la Crucifixion, saint Gamaliel, l'Eglise et la Synagogue, d'après les vitraux de Châlons.

Fig 19. — François de Montmorency, gouverneur de Paris.
(*Eglise de Montmorency.*)

Pour le treizième et le quatorzième siècle, MM. Leprévost et Tournel nous avaient prêté des calques au trait faits avec le plus grand soin sur les verrières les plus remarquables des cathédrales de Chartres, de Bourges, d'Auxerre. D'autres calques, exécutés par Coffetier, d'après les verrières du transept de Chartres, avaient été mis à notre disposition par la Société artistique de peinture sur verre.

L'art du seizième siècle était représenté par les grandes photogravures que j'ai fait exécuter d'après les vitraux du chœur de l'église de Montmorency (*fig.* 15 à 21).

Quant à la période moderne, nous n'avions pu faire un meilleur choix que celui des cartons de M. Luc Olivier Merson, prêtés par MM. Fouques-Duparc et Delon. Nous y avions joint une maquette de M. F. Ehrmann et deux de nos cartons pour la cathédrale d'Autun et l'église de Montmorency.

Fig. 20. — Guillaume de Montmorency, fondateur de l'église.
(*Eglise de Montmorency.*)

Ainsi, malgré les difficultés d'une installation trop rapide, nous avons pu tenter d'offrir aux visiteurs une vue d'ensemble sur l'évolution d'un art qui est essentiellement un art français. Au moment où l'on confond trop aisément l'excentricité avec l'originalité, il était bon de contrôler sur les œuvres anciennes l'importance des efforts faits actuellement. Il était utile de prouver qu'en matière de décoration translucide, le dessin n'a de valeur que s'il est soutenu par l'harmonie des colorations, et qu'on commettrait une erreur capitale en subordonnant au dessin d'imitation la conception d'un vitrail qui est avant tout une mosaïque translucide.

On a pu reconnaître, d'autre part, l'importance de la tradition pour la technique d'un art, et la nécessité pour l'artiste de bien connaître cette technique, s'il a l'ambition de créer une œuvre. On a pu se convaincre de la faute qu'on commettrait en négligeant le dessin, et en comptant trop sur les accidents de fabrication du verre pour obtenir tout l'effet d'un vitrail.

La comparaison des œuvres modernes aux œuvres anciennes n'était pas

Fig. 21. — François de Dinteville, évêque d'Auxerre.
(*Église de Montmorency.*)

toujours à l'avantage des premières : mais, si pénible que fût parfois cette comparaison, elle était salutaire, et je suis sûr qu'elle portera d'excellents fruits.

Le Président de la Classe 67,
LUCIEN MAGNE.

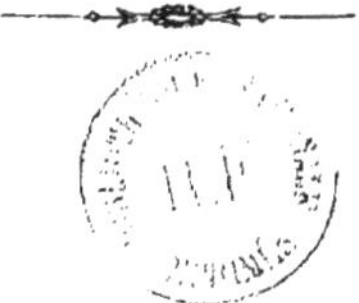

SAINT-CLOUD. — IMPRIMERIE BELIN FRÈRES.

www.ingramcontent.com/pod-product-compliance
Ingram Content Group UK Ltd.
Pitfield, Milton Keynes, MK11 3LW, UK
UKHW020455230726
13925UKWH00005B/1950

9 782014 454963